Hans-Georg Renner

Das Lübecker Liebesmärchen

FSC
www.fsc.org
MIX
Papier aus ver-
antwortungsvollen
Quellen
Paper from
responsible sources
FSC® C105338

Hans-Georg Renner

Das Lübecker Liebesmärchen

Romantisches Lübeck

Impressum

Bibliografische Information der Deutschen Nationalbibliothek: Die Deutsche Nationalbibliothek verzeichnet diese Publikation in der Deutschen Nationalbibliografie; detaillierte bibliografische Daten sind im Internet über http://dnb.dnb.de abrufbar.

Verlag: BoD · Books on Demand GmbH, In de Tarpen 42, 22848 Norderstedt

Druck: Libri Plureos GmbH, Friedensallee 273, 22763 Hamburg

ISBN: 978-3-7597-5949-8

Es war einmal in Lübeck ...

… vor langer, langer Zeit
… genauer gesagt im Sommer des Jahres 810 n. Chr.

Da wurde zwischen der Trave und der Wakenitz die „Burg Bucu"
errichtet.

Diese war keine klassische Burg, sondern nur ein „Burgwall", ge-
nau dort wo heute der nördliche Zipfel der Lübecker Altstadt ist.

Zur Fertigstellung wurde ein kleines Fest gefeiert.

Doch bei diesem Fest blieben die verbliebenen Germanen und die
neu angesiedelten Slawen strikt getrennt.

Eine Verbindung mit dem jeweils anderen Stamm war verpönt und
wurde von den Stammesfürsten nicht zugelassen.

Nun begab es sich aber, dass die junge Slawin „Jagoda" und der
junge Germane „Reinfried", sich immer wieder ansahen und offen-
sichtlich Gefallen aneinander fanden.

Mitten auf der Festwiese trafen sie sich und berührten sich heimlich mit den Händen.

Beide spürten, dass sie füreinander bestimmt waren und ihre
Herzen schwollen über vor Glück.

Die Heimatdichterin Käthe Kyrion beschreibt eine solche Berüh-
rung wie folgt:

> Als wir uns die Hände reichten,
> hatten unsere Augen
> längst den Pakt geschlossen
> den unsere Haut besiegelte.

Aus: „Wunder sind Natur und Liebe". 1989. ISBN 978-3-9801-7037-6.

Die erwachte Liebe zwischen Jagoda und Reinfried war so stark, dass sie sich über das „Gesetz", keine Verbindungen zwischen den Stämmen einzugehen, hinwegsetzten.

Sie verließen heimlich und getrennt das Fest und trafen sich an einem kleinen Stall.

Voll der Liebe vergaßen sie alles um sich herum.

Doch die Slawen und Germanen bemerkten ihre Abwesenheit.

So liefen die Männer los, um die ungewollte Verbindung zu beenden.

Die Gruppe erreichte den Stall und der erste stürmte hinein.

Geistesgegenwärtig schubste ihn Reinfried wieder hinaus.

Auch Jagoda reagierte sofort und verbarrikadierte die Stalltüre mit einem dicken Stock.

Reinfried kletterte aus dem hinteren Fenster und als er draußen war, verabschiedeten sich die beiden mit einem innigen Kuss und einem Liebesversprechen.

Das Liebesversprechen ist nicht überliefert, aber es könnte so gelautet haben:

Reinfried   „Gib Deinen treuen Liebesschwur für meinen"

Jagoda   „Ich gab ihn Dir, ehe Du darum gefleht"

(Diesen Liebesschwur hat William Shakespeare, 800 Jahre später,
  Romeo und Julia in den Mund gelegt.)

Schon wurde die Türe zertrümmert und wütende Männer stürmten herein.

Aber Jagoda konnte sie einen Moment lang aufhalten, ehe diese wieder hinausstürmten und Reinfried hinterher liefen.

Reinfried hatte dank Jagoda einen Vorsprung und rannte auf die Trave zu.

Als einziger in der Siedlung hatte er sich ein kleines Ruderboot gebaut und er sprang hinein und ruderte sofort los.

Seine Verfolger kamen diesen einen Moment zu spät und konnten ihn auf der Trave nicht verfolgen.

Reinfried ruderte lange sechs Kilometer auf der Trave, bis er eine Flussmündung sah.

Erschöpft legt er dort an, um sich am Ufer auszuruhen.

Nach einer kurzen Erholung entdeckte er Rauch, weiter landein-
wärts zwischen den beiden Flüssen.

Er ging durch ein Wäldchen und sah eine kleine Hütte.

Ein nettes älteres Paar bat ihn hinein.

Sie hörten sich seine Geschichte an und da er nicht zurück zum
Burgwall konnte, boten sie ihm an bei ihnen zu bleiben.

Sie konnten auch gut Unterstützung in der Landwirtschaft brau-
chen.

Reinfried arbeitete fleißig und baute zudem eine zweite kleine
Hütte für sich und Jagoda.

Jagoda musste am Burgwall bleiben und schaute immer sehnsüchtig auf die Trave.

Eines Abends sah sie in der Ferne das kleine Ruderboot kommen.

Als es dunkel wurde schlich sie ans Ufer, wo Reinfried gerade leise anlegte.

Jagoda stieg zu ihm ins Boot und gemeinsam ruderten sie die Trave hinunter, bis zu der Stelle an der Reinfried damals anlegte.

Von nun an lebten Jagoda und Reinfried zusammen und zufrieden in ihrem Kleinod …

… aber

… ihre Liebesgeschichte verbreitete sich schnell.

Bei den Slawen, den Germanen, den Goten und vielen anderen Stämmen.

Und überall gab es Paare die sich heimlich treffen mussten, weil sie verschiedenen Stämmen angehörten.

Diese Paare durften ihre Liebe nicht offen zeigen und nicht zusammen leben.

So geschah es, dass nach und nach immer mehr dieser Paare sich auf den Weg zu Jagoda und Reinfried machten.

Sie fühlten sich durch deren Liebesgeschichte ermutigt und wünschten sich auch in Liebe und Frieden leben zu können.

So wuchs das Gebiet zwischen Trave und Schwartau zu einer kleinen Siedlung heran.

Eines Abends saßen wieder alle Paare am Lagerfeuer um die Regeln für ihre Gemeinwirtschaft zu besprechen, als die Idee aufkam ihrer Siedlung auch einen Namen zu geben.

Schnell stand fest: „Siedlung der Liebenden“.

In der slawischen Sprache heißt dies „Liubice“.

So entstand „Liubice“, die Siedlung der Liebenden.

Die Siedlung wuchs zu einem großen Dorf heran.

Einige Zeit später, im Jahre 819 n. Chr., bauten sie sogar eine Burg um sich zu schützen.

Im Laufe dieser Zeit änderte sich die Aussprache des Namens, denn wegen der verschiedenen Stammessprachen wurde „Liubice“ oftmals ganz unterschiedlich ausgesprochen.

Schließlich war für alle die einfachste Aussprache ...

Liubice –
Dorf der Liebenden

... Lübeck !

Auf der Halbinsel an der Mündung der Schwartau in die Trave, erinnert ein Gedenkstein an das erste Dorf „Alt-Lübeck".

Somit ist erwiesen ...

... Lübeck ist die „Stadt der Liebenden".

Ende

Lübeck

Anhang 1

Jagoda und Reinfried sind ein großes Wagnis für ihre Liebe einge-
gangen und Käthe Kyrion beschreibt dieses Wagnis so:

Wir haben es gewagt
miteinander zu gehen
beieinander zu sein
zusammen

Einer hält den andern
ja - wir halten
und beflügeln uns gegenseitig
sie könnte fruchten
unsere Zweisamkeit
mit Liebe in jeder
Hinsicht

Aus: „Wunder sind Natur und Liebe". 1989. ISBN 978-3-9801-7037-6.

Romantische Literaturwerbung

„Das Kölner Liebesmärchen“

ISBN 9-783-7597-8353-0

„111 Feiertage der Liebe – Ein Jahreskalender““

ISBN 9-783-7597-5938-2

„Warum die Linde herzförmige Blätter hat“

ISBN 9-783-7578-3058-8

„Why the lime tree has heart-shaped leaves“

ISBN 9-783-7583-0196-4